배꽃이 피었어요, 엄마

배꽃이 피었어요, 엄마

—

초판 1쇄   2020년 2월 17일
지은이   최경자
펴낸이   김영재
펴낸곳   책만드는집

—

주소   서울 마포구 양화로3길99 4층 (04022)
전화   3142-1585·6
팩스   336-8908
전자우편   chaekjip@naver.com
출판등록   1994년 1월 13일 제10-927호
ⓒ 최경자, 2020

—

—

ISBN   978-89-7944-714-9 (03810)

67세 딸이
지혜로운 98세 엄마와
도란도란 나눈 동화 같은 이야기

글 · 사진 **최경자**

배꽃이
피었어요, 엄마

책만드는집

글을
시작하며

나는 98세 엄마의 백수(99세) 잔치와 천수(100세) 잔치를 손꼽아 기다리면서 슬그머니 혼자만의 행사를 기획하며 꿈을 꾸고 있었다.

'엄마 생신이 한여름이니 꽃 피는 날 내가 자리 잡은 터전에서 뷔페 전문 업체를 불러 나의 지인들을 모시고 야외 파티를 해드려야지.'

그러나 이것은 허상이 되어버렸다.

'엄마, 1년만 더 버티시지요.'

남들은 "호상이다", "장수하셨다" 하며 시끌벅적하게 위로해 주었지만, 나는 가슴이 미어질 듯 애통하고 비통하고 처절했다.

며칠이 지난 저녁나절에 엄마의 지난 삶을 떠올려 보았다. 엄마와 나누었던 이야기들이 새록새록 기억되었다.

엄마 삶의 아주 극히 적은 일부분이지만 그 기억의 편린들을 한 가지 두 가지 생각나는 대로 메모하기 시작했다.

'아, 그래! 엄마의 삶을 수필처럼, 시처럼 한 컷 한 컷 기록하여

모아보면 기념 서적이 탄생할 수 있겠구나. 그래, 시작해보자.'

좋은 글은 진실된 글이라 하니 글솜씨 좀 없으면 어떤가. 작가는 아니니 엄마와 나누던 이야기들을 그대로 써나가면 좋은 책이 되지 않을까?

용기를 내어 시작했다. 나와 엄마만을 한계 지어, 때로는 평소처럼 반말 투도 섞어가며, 대화한 그대로 편안하게 엮어나갔다.

엄마를 기억하며…….

아버지를 기억하며…….

2019년 가을에 실마리를 풀기 시작하며
최경자

차례

글을 시작하며 6

1부

우리 엄마 광주리는
금메달 모정

엄마, 내 다리 좀 보셔요 • 16

왜 언니하고 나이 차이가 나죠? • 18

피난 간 곳이 그곳이었네 • 20

주인집 짠지 항아리 • 22

산나물, 들나물, 보약 반찬 봄나물 • 26

봄은 수채화 • 30

초록 머리 소꿉놀이 • 34

엄마의 수구렛국 • 38

한여름 밤의 대청마루 • 40

참외 광주리 • 42

광주리에 담아 온 내 소풍지의 점심 • 46

떡국을 드시던 선생님들 • 48

6년 개근상은 엄마의 덕 • 53

2부

배밭집 원두막에
꽃이 피고

꾸벅꾸벅 조시던 엄마 모습 • 59

얼레빗과 참빗 • 60

개울가 빨래터 • 64

아버지의 새벽 군불 • 71

송아지 끌고 오신 장사 아버지 • 74

배밭 소독하시다 큰일 날 뻔했던 사건 • 78

미숫가루 좋아하신 우리 아버지 • 80

이화에 월백하고 • 82

바람 불면 뚝! 뚝! • 86

엄마표 시원 달콤 배술 • 89

과수원은 신도시로 바뀌고 • 94

딸부잣집 과수원집 • 98

3부

황혼의 꽃길
보람이어라

노인회장 10여 년은 황혼의 꽃길 · 104

게이트볼을 활성화하신 두 분 · 108

국내 여행, 국외 여행 모두 좋더라 · 114

부모님의 추억 사진첩 · 120

딱 석 달 병수발 받으시고 · 126

꽃상여로 오르신 장례 행렬 · 128

소나무 향 팽이 · 134

문득문득 그립고야 · 136

4부

엄마의
지혜로움

지혜롭게 사신 엄마 모습 배울래요 • 140

밥은 나가서 사 먹자 • 149

엄마, 딸, 외손녀, 증외손녀 4대가 손잡고 • 152

엄마는 왕할머니! • 154

나도 왕할머니 연습 중 • 156

귀염둥이 예쁜이, 나도야 손녀 자랑 • 162

손녀 예령이가 그린 그림 자랑할게요 • 170

어버이날 편지 • 180

엄마의 96세 생신 • 184

엄마의 97세 생신 • 188

엄마의 98세 생신 • 194

캐러멜 마키아토 • 198

어머니, 나의 어머니 • 200

엄마, 엄마 • 204

세상 흐름 따라 인사를 핸드폰으로 • 206

5부

긴긴밤 들려오는
다듬이 소리

효자 효부 아들 내외에게 · 210

불암사에서 · 214

불암산과 선산 · 217

잠시 생각해봅니다 · 220

배꽃을 보는 엄마는 소녀 같으셨지 · 222

엄마의 저고리 · 226

사진을 바라보면 · 228

길고도 긴 후유증 · 230

바람이 분다 바다에도 마음에도 · 232

달아, 어서 돌고 돌아라 · 234

글을 마치며 239

1부

우리 엄마 광주리는
금메달 모정

엄마, 내 다리
좀 보셔요

'여자는 다리가 쭉쭉빵빵 뻗어야 미인이라는데 내 종아리는 밖으로 휘어 조선무같이 생겼네. 그래서 키가 더 작은가?'

그런 생각을 늘 하던 차에 한가하던 어느 날 무심코 엄마에게 물었다.

"엄마, 내 다리는 왜 이렇게 바깥쪽으로 휘었을까?"

"허허허…… 피난 갔다 와서 바로 태어났으니 나는 농사일하랴 정신없고, 네가 칭얼대면 언니들이 업어서 키웠는데 그래서 그런가 부다. 조그만 것들이 업었으니 다리를 벌려서 업고 매달고 다녔지. 너는 업혀서 자랐다."

"그러다 등에서 떨어뜨리진 않았을까?"

"별소릴 다 하는구나. 떨어뜨렸으면 네가 선생이 됐겠냐?"

"그러네. 그런대로 공부했으니 바보는 아니네요. 헤헤, O형 다리 무다리면 어때요? 호호호……."

왜 언니하고
나이 차이가 나죠?

"엄마, 그러면 피난 갔다 와서 나를 낳아서 언니하고 나이 차이가 나는 거예요?"

"아니야, 네 오빠가 있었단다. 피난 가서 동네에 홍역이 돌았는데 얼굴에 열꽃이 피고 홍역을 앓았어. 어린것이 아프니까 아랫목에 눕혔는데 그만 그것이 끝이었지. 잘생긴 귀한 아들을 피난지에서 묻었으니 에미 속이 뒤집혀서 사는 게 사는 것이 아니었다."

"피난 생활도 힘들었을 텐데 어찌 그런 일이 일어났을까? 아휴, 참."

"생각하면 억장이 무너지는 일이지. 그러나 어쩌겠냐. 다른 자식들이 있으니 울고만 있을 새도 없었다. 휴우……."

엄마의 한숨은 회한이 묻어나는 그런 크나큰 한숨이었다.

그 옛날 아들을 선호하던 그 시대에 딸 셋 낳고 아들을 낳았으니 얼마나 귀하고 소중한 아들이었겠는가! 그 아들을 홍역으로 잃었으니 부모의 마음은 미치다시피 했을 것이다. 그런 경황 없는 속에서도 어린 딸자식들을 위해 마음을 다잡고 피난 생활을 겪으셨으니 부모님의 자식 사랑은 지극하여라!

피난 간 곳이
그곳이었네

"피난지가 안성 일죽이었는데 농사짓는 마을이었지. 거기서 큰 집에 찾아가서 일 좀 도와줄 테니 방 하나만 빌려달라고 했지 뭐냐."

"그때는 아버지, 엄마, 언니 셋, 오빠 이렇게 여섯 식구였네요?"

"그래. 나는 주인집 밭일도 해주고, 부엌일을 하면서 먹을 것을 좀 얻어먹고, 네 아버지는 힘이 좋아서 동네에 초가지붕도 엮어주고, 집 짓는 것도 하고, 무거운 가마니도 들어 나르면서 척척 일하니까 인기가 좋았지. 여기저기서 서로 일해달라고 불렀단다. 그래서 피난지였지만 먹고는 살았다."

경기도 양주에서 사시다가 경기도 안성으로 피난을 가셨으니 그래도 가까이에 피난처를 구하신 것이다. 남들은 충청도나 경상도, 멀리 부산까지 갔던 것에 비하면 말이다.

어디에서 피난 생활을 했더라도 집을 떠나 남의 집에서 먹고 산다는 것은 모두 마찬가지로 녹록지 않았을 것이다. 먹고 잠자고 살아가는 일에 공짜는 없으니까 말이다.

주인집
짠지 항아리

"얘야, 그때 주인집 굴뚝 옆에 짠지 항아리가 있었는데 말이야, 밥하고 무짠지만 있으면 꿀맛이었다."

"아하, 그래서 지금도 엄마는 무짠지를 좋아하시는구나!"

"그래. 동치미는 김장 때 담가서 겨울에 시원하게 먹지만 짠지는 짜게 절여 담가서 김치 없는 봄, 여름까지 먹을 수 있는 거니까 여름에는 짠지가 별미야."

"엄마, 생각해보니 나 배 속에 가졌을 때 짠지 많이 드셨나 봐. 나도 짠지 채 썰어 물 붓고 실파 송송 띄워서 먹으면 밥맛 돌더라고요."

세월이 흘러서 먹을 것이 많아진 지금도 매년 짠지를 담그시고, 딸들이 가면 짠지 통무를 두 개씩 봉지에 담아주시는 그 모정을 손녀들 세대는 알까?

얼마 전부터 엄마가 감기나 폐렴으로 입원해 있을 때, 병원 밥보다는 집에서 며느리가 가져오는 짠지와 오이지를 집어 드셨다. 영양가 있는 반찬을 수저에 놔드리면 이거는 그만 먹는다고 하시며 손으로 오이지를 집으신다.

생각하면 눈물 젖은 짠지요, 애잔한 오이지다.

산나물, 들나물,
보약 반찬 봄나물

"엄마, 저는요, 어려서 언니들 따라서 저 하얀 산인가 하던 먼 산까지 다니면서 산나물을 뜯어 오던 생각이 나요. 한 보따리씩 따 오면 그걸 가마솥에 데쳐서 커다란 양은 대야에 담아놓던 풍경이 선명해요."

"그 나물이 다 약이다. 큰 보약이야."

"맞아요. 우리가 이렇게 건강한 것이 다 그렇게 자연 산나물과 들나물을 먹어서 그런가 봐요. 도시에서 자란 다른 친구들은 쑥과 국화를 구분 못 하고 냉이도 잘 모르더라고요. 나는 그래도 취나물도 알고 곰취, 머위, 씀바귀, 엉겅퀴 그런 것도 가려내니까 지금이라도 산에 가면 굶지는 않겠지요? 하하하……."

"그때는 시골에 시장도 없던 때라 산에서 들에서 뜯어 오는 게 다 반찬이지 뭐냐. 대문 밖에만 나가도 한 바퀴 돌면 명아주나물, 비름나물, 질경이, 소리쟁이, 씀바귀, 냉이 그런 것들이 쌔고 쌨지."

"요즘에는 민들레도 약이라고 쌈도 싸 먹고, 무쳐도 먹고 그러던데요?"

"하여간 쌉쌀한 건 다 약이다. 봄에 새로 돋아나는 연한 잎도 어지간한 건 다 나물로 먹을 수 있어."

엄마와 나는 한가할 때 이런 나물 얘기로 옛날을 추억하곤 했다.

그때 먹던 산나물 들나물이 보약이 된 것 같다.

봄은 수채화

땅속엔 땅속엔
그림물감 풀었나 봐
분홍 물감 풀린 곳엔
진달래와 산벚꽃
산수유 모여 핀 산엔
옹달샘도 노랄까?

산마다 들마다
초록 물감 푼 거야
버들잎 물을 올려
휘이 휘이 붓질하면
뻐꾸기 부리 끝부터
젖어오는 봄 타령

초록 머리
소꿉놀이

초록 머리 소꿉놀이

뒷동산 올라가면 아름드리나무 밑에
부스스 풀어 헤친 초록 머리 만났다네

비 온 뒤 갠 날 오후였지 인화와 심심풀이 뒷산에 놀러 가다 주저
앉아 하던 일 머리 땋기 놀이였지 이건 내 머리 저건 네 머리 예쁘게
땋아보자 나는 두 갈래 너는 한 갈래, 싫어 나는 꽃비녀 머리 할래
지천으로 피어 있는 하얀 꽃 망초꽃 개망초꽃, 꽃비녀 꽂아놓고 색
시놀이 왕비놀이, 솔방울 모으고 사금파리 주워서 잔치 잔치 벌였
지 소꿉 잔치 벌였지

그곳의 소꿉장난을 어찌 잊어 엄마야

34

엄마의
수구렛국

　우리 엄마는, 나의 엄마는 많은 일 속에서 몸을 아낄 틈이 없으셨다. 열 식구 세끼 밥만 해도 한 아름 크기의 까만 무쇠솥에 밥을 하시고, 나물 반찬은 함지박에 무칠 정도로 매 끼니가 지금의 잔칫상 수준이었다. 경기도 양주이니 바다도 멀고 밭과 논뿐이라 생선이라고는 어쩌다 팔러 다니는 염장 고등어나 갈치가 전부였다. 주로 고등어를 한 쪽씩 먹은 기억이다.

　그러다가 "수구레 사려~" 하면서 시골을 다니는 장수가 지나가면, 엄마는 얼른 나가서 수구레를 사 와서 수구렛국을 끓여 주셨다. 소 목덜미 고기라는데 가죽같이 생긴 것이 쇠고깃국 맛이어서 그런 날은 배부르게 먹고 기분이 떵호아~!

　싸구려 수구레였지만 그것은 우리에게 보약이었다.

한여름 밤의
대청마루

여름이 시작되면 콩이 알알이 익어갔다. 콩을 말리기 전에 까서 쩌 먹을 수 있을 만큼 익으면 시장에 내다 팔아야 돈을 쓸 수 있기에 척척 낫으로 베어서 한 아름 쌓아놓고 다발을 만들기 시작했다.

아버지가 베어서 지게에 지고 가져온 콩 가지를 온 식구가 대청마루에 앉아서 푸른 잎을 떼어내고 한 다발씩 묶는 작업이다. 나는 콩잎을 떼어내는 일을 했었지. 콩 다발은 커다란 궤짝에 차곡차곡 담아 다음 날 시장에 내다 파는 그런 한여름 밤의 대청마루 작업이었다.

지금은 아름다운 대가족의 추억이나 그때는 모기도 쫓으며, 손도 긁히며, 늦은 밤까지 작업하는, 일 중의 일이었다.

일이 거의 마무리될 무렵이면 엄마는 부엌으로 가서 호박 부침개를 큼직하게 부쳐서 야식을 준비했었지. 그 맛은 침이 고이는 고소한 꿀맛! 요즘의 피자에 비교할 수 없는 엄마의 고소함이었다.

참외
광주리

"엄마, 엄마 키가 본래 이렇게 작지는 않았지요? 나이 들면 작아지나?"

"내가 하도 많이 광주리를 머리에 이고 다녀서 그럴 거다."

"얼마나 많이 광주리를 이셨는데요?"

"한번은 참외를 따서 한 광주리 머리에 이고 청량리시장으로 팔러 갔지. 옛날에는 차가 없으니까 다 걸어 다녔지 않니."

"네에? 여기 화접리서 청량리까지요? 두 시간도 넘는 길을 걸어가셨어요? 무거운 참외를 한 광주리 이고요? 워째 워째~."

"밭에서 걸어가기 시작해서 한 시간 남짓 걸어가면 목도 아프고 땀이 나서 태릉쯤에서 내려놓고 한 번 쉬고, 다시 또 이고 가다가 반 시간이나 가다 쉬고, 그렇게 하면서 청량리시장까지 가면 목이 내려앉는 거 같더라. 그래도 그 돈 몇 푼 벌려고 그렇게 걸어 다니는 것을 밥 먹듯 했다. 그러니 뼈가 주저앉지 않았겠니?"

"어휴, 어떻게 그런 일을 하신 거예요? 상상할 수도 없는 일이에요."

"그래두 어떡하니. 그렇게라도 돈이 생겨야 니들 학비를 만드는데. 그렇게 가다가 배가 고프면 참외 하나 깨물어 먹는 것이 밥 대신이었지."

아~ 아~ 엄마, 우리 엄마!

엄마와 황금 참외

여름 햇볕 동글동글
돌아내린 노란 참외

치마폭에 담아 와서
광주리에 쏟아냈지

쪽머리
똬리 위에선
돌덩이로 얹혔구나

광주리에 담아 온
내 소풍지의 점심

"엄마, 정말로 광주리에 점심을 담아서 내 소풍지에 오셨어요? 저는 그 기억은 안 나요."

"네 아버지가 학교 육성회장이셨잖니. 선생님 점심을 해 가라고 해서 광주리에 밥을 담고, 반찬 서너 가지 담고, 국까지 담아서 철렁철렁 이고 동구릉까지 한 시간을 갔었지. 선생님들이 맛있게 다 먹어서 올 때는 빈 광주리 이고 왔다."

"어머 어머, 어쩜 그런 대단한 학부모였어요? 내가 공부라도 못했으면 큰일 났겠어요. 공부는 좀 잘했죠? 우등상 탔으니까요. 크흐흐……."

"네가 공부를 잘하니까 힘이 나신 거지. 그렇지 않으면 그렇게 오랫동안 육성회장을 계속했겠니?"

광주리에 선생님의 점심을 이고 오신 학부모는 우리 엄마뿐일 거다.

엄마의 작아진 키는 올림픽 금메달보다 더 값지고 값진 다이아몬드 메달!

떡국을 드시던
선생님들

"엄마, 저는 이런 기억이 있어요. 정월이면 어느 날 안방에 상을 길게 차려놓고 선생님들 모두를 초대해서 떡국 대접을 하신 거요. 안방이 가득 찼었지요."

"정월이면 한 번씩 꼭 그렇게 떡국 대접을 했다. 네 아버지는 그런 걸 좋아해서 선생님들뿐 아니라 동네 어른들에게도 한 번씩 음식 대접하고 그랬지. 그런 기 다 하면서 내 허리가 남아난 게 용하다."

"맞아요. 아버지 생신날은 온 동네 잔치였잖아요. 하루 종일 상 차리고 설거지하고, 또 상 차리고 설거지하고……. 우리 딸들은 음식 나르는 심부름만 해도 힘들었었어요."

"그렇지만 그런 대접하는 일은 나도 좋았지. 맛있게 먹었다고 인사를 들으면 그게 그렇게 기분이 좋더라."

"엄마는 열려 있는 대문으로 지나가는 사람만 봐도 불러들여서 김치 쪽에 술 한잔하고 가게 했었어요. 그런 공덕으로 자식들이 잘 자라고 엄마도 노후에 돈 걱정 없이 여유 있게 살게 된 건가 봐요."

"그래. 자고로 집 안에 사람이 자주 드나들고 그래야 잘되는 거란다. 대접이 뭐 별거니? 있는 거 나눠 먹으면 정이 생기는 거지."

"엄마와 아버지의 이 정성으로 시골에서 자란 제가 선생님이 되었고, 교장까지 승진하고 그런 건가 봐요. 제 관운官運은 부모 공덕이네요. 제가 교장이 된 게 우연이 아니었어요."

그랬다. 내게 어떻게 그런 관운이 있었는지 그것이 모두 부모의 공덕이었다는 것을 알았다.

고마우신 아버지! 어머니!

6년 개근상은
엄마의 덕

"엄마, 내가 3학년 때 열이 나고 많이 아파서 못 일어나고 있었는데, 학교에는 빠지면 안 된다고 왕사탕 사줄 테니 학교에 가서 앉아 있다가라도 와야 한다고 나를 업고 학교에 데려다 줬잖아요. 생각나세요?"

"그때는 학교에 빠지면 안 좋다고 생각해서 어떻게든 갔다 오게 한 거지."

"왕사탕 입에 물고 책상에 엎드려 있었더니 쉬는 시간 되니까 좋아졌어요. 그날의 일이 기억에서 사라지질 않네요."

"그렇게 하루도 안 빠져서 개근상 타지 않았니."

"맞아요. 초등학교 6년 개근, 중학교 3년 개근, 고등학교 3년 개근, 총 12년 개근이에요. 엄마의 그 강인한 노력이 저를 그렇게 강하게 만드셨네요. 중·고등학교가 가까운 것도 아니었고, 기차 통학할 때는 집에서 30분 걸어가서 새벽 기차를 타고 성동역에 내려서 30분을 또 행당동까지 걸어가야 했는데, 지금 생각하니 어마어마한 체력이었네요."

왕사탕 입에 물려 학교까지 업고 가서 앉혀준 엄마의 대단하신 정성은 내가 단 하루도 결석하지 않고 성실하게 학교생활을 하게 만든 원동력이었다. 부모의 힘이란 이렇게 한 사람을 은연중에 만들어내고 있는 것임을 가슴으로 느끼면서 울컥 목이 멘다.

엄마, 엄마, 사랑하는 엄마, 존경하는 엄마!

2부

배밭집 원두막에
꽃이 피고

꾸벅꾸벅 조시던
엄마 모습

엄마는 초저녁잠이 있으시다. 종일 일하고 저녁 드시고 나면 잠이 쏟아진다고 하셨다. 방 한쪽에 잠깐 누우셔서 쪽잠을 자고 나면 또 일거리를 갖고 앉으신다.

나도 엄마를 닮아서 초저녁에 잠이 들었다가 한밤에 부스스 눈을 떴을 때 등잔불 옆에서 구멍 난 양말을 꿰매고 계시는 엄마를 보곤 했다. 그러다가 바늘을 쥔 채로 꾸벅꾸벅 졸기도 하시던 엄마. 구멍 난 양말은 또 왜 그렇게 많은지……

그 시대에는 품질이 약한 면양말들이라 뒤꿈치에 구멍이 잘 났다. 발가락도 나오고 뒤꿈치에 알감자도 나왔다.

양말도 꿰매고 속옷도 꿰매고 그렇게 모든 일은 엄마의 손에서 이루어졌다. 엄마의 손끝에는 무한한 가족 사랑이 담겨 있다. 엄마의 손은 요술 방망이다.

얼레빗과
참빗

어린 시절, 그러니까 50∼60년대일 것이다. 우리 마을을 지나다 보면, 툇마루에 앉아서 내복을 벗어 들고 양손의 엄지손톱으로 톡톡 눌러 벌레를 죽이고 있는 모습을 쉽게 볼 수 있었다. 여자애들은 수시로 머리를 긁적거리고, 몸이 가렵다고 몸을 긁기 일쑤였다. 나 역시 별다르지 않았다.

엄마는 그 바쁜 와중에도 대청마루에 넓은 치마를 펼치시고는 내 머리를 참빗으로 싹싹 빗어 내렸다. 그러면 '머릿니'가 투둑 하고 떨어져 슬금슬금 기었다. 그렇게 머릿니를 다 없애고 나면 머리가 시원해지곤 했었다.

사람의 몸에 기생하는 '몸니'와 머리에 기생하는 '머릿니'는 피를 빨아 먹고 사는 벌레로, 그 옛날 위생 상태가 안 좋던 시대에는 흔히 있었다.

그런데 요즘도 초등학교나 유치원에서는 일시적으로 머릿니가 퍼질 때가 간혹 있다. 수영장 등에서 옮겨지기도 한단다.
　지금은 기억만 해도 두피가 스멀스멀 가려운 느낌이다. 추억 속에 숨어 있는 일이다.

얼레빗 참빗

내 어린 시절 속의 가렵던 풍경 하나

새까만 단발머리 얼레빗에 참빗질

어머니 치맛자락에 쏟아지던 가려움

개울가
빨래터

60년대 그 어느 해 봄날의 휴일 툇마루에는 식구들이 벗어놓은 솜저고리, 솜바지, 내복들과 이불 홑청, 겨우살이 빨랫감들이 가득 찼다.

그 시대에는 마을 가운데에 파놓은 우물물을 길어다 먹던 형편이어서 큰 빨래는 물이 많이 흐르는 개울가로 나가서 했다. 엄마가 광주리에 빨랫감을 가득 담아 이고 개울로 가시면 나는 빨랫방망이를 거머쥐고 낭창거리며 따라갔다.

개울가에는 맑은 개울물이 찰찰 흐르고 있었다. 빨래가 떠내려가지 못하게 돌멩이로 둑을 쌓고 빨랫감을 물속에 담그니 빨래가 태산처럼 많아 보였다. 넓적한 돌멩이 위에 하나씩 건져놓고 비누칠을 하고 엄마는 빨랫방망이로 척척 두드리며 빨래를 이리저리 뒤집으셨다.

따라간 나는 치마를 걷어 올리고 엄마가 두드려놓은 빨래를 개울물에 담가놓고 발로 꾹꾹 밟아 비눗물을 헹구었다. 내 작은 발이 세탁기의 헹굼 장치였던 셈이다. 아침나절에 간 빨래터에서 종일 노동하고 집으로 돌아오는 시간은 해가 뉘엿뉘엿한 오후. 나 어릴 적 엄마는 그렇게 빨래를 하셨다.

그리고 70년대엔 우리 집 뒷마당에 펌프를 박아서 펌프 물 시대가 된 것이었다.

엄마, 그리워요. 지금은 자취를 감춘 그 펌프! 물이 빠진 펌프 위로 마중물을 한 바가지 붓고 손잡이에 매달리듯 꽉꽉 눌러주면 시원하게 쏟아지던 물줄기. 그 물줄기 아래로 등을 대고 엎드려서 등목을 했었지요. 아! 시원했어요.

아버지의
새벽 군불

저녁이면 방바닥 아랫목에는 자매들이 옹기종기 모여 앉았다. 누가 아랫목에서 잘 것인가? 먼저 차지한 사람이 누워서 비켜주지 않기도 하고, 때로는 가위바위보로 서열을 가리기도 했다. 아랫목은 까맣게 탈 정도로 뜨거웠고, 윗목은 서늘하게 차가웠다.

우리는 빈틈없이 나란히 모여 자다가 새벽녘이면 모두 웅크리고 잤다. 방이 식어서 겨울에는 입김이 후후 나올 정도였으니까.

그렇게 이불 속에 얼굴까지 넣고 누워 있다 보면 아버지의 헛기침 소리가 한 번 났다. 가마솥에 물을 넣고 군불을 지피시는 아버지셨다.

자식들 따뜻한 물에 세수하라고 물을 데우는 군불인데, 그로 인해 다시 방바닥이 따뜻해지던 그 순간을 우리는 한껏 즐기다가 늦게 일어나 허겁지겁 학교를 가던 아침 풍경이 눈에 선하다.

아버지의 군불은 자식 사랑의 따뜻함이었다.

아궁이

군불 냄새는
아버님의 담뱃대다
구들에 달라붙은
매캐한 연기 속에
새벽녘 모락거림이
외양간에 서린다

이끼 낀 토담이
내려앉고 있었다
오랜만에 들러본
고향 집 사랑방은
아랫목 까만 장판이
냉골로도 따뜻했다

송아지 끌고 오신
장사 壯士 아버지

"엄마, 아버지가 씨름대장 장사였어요?"

"그래. 양주군 씨름대회에서 1등을 해서 송아지를 한 마리 끌고 들어오시더라. 느이 아버지가 힘이 장사라 쌀 한 가마니도 번쩍 들어 올리고, 볏짚 낟가리도 휙휙 높이 던져 올려 쌓고 그러니까 동네 청년들이 우리 집 일 오는 걸 어려워했어. 아버지 옆에서 일하면 힘이 달려서 창피하다고들 그랬지."

"아버지의 그 힘이 어느 자식에게 갔을까? 난 그런 힘은 없는
데……. 정신력은 닮은 거 같지만요. 사실 정신력은 엄마를 더
많이 닮은 거 같아요. 나가서 하는 일은 아버지를 닮은 것 같고
그래요."

"아하, 우리 아버지가 짱~이셨구나!"
우리 아버지 엄지 척! 엄지 척!

"네 아버지는 일하면서 몸을 아끼지 않고 하니까, 일하고 나서 힘들면 짜증을 나한테 내기도 하고 그랬지. 말하면 뭐 하냐, 그런 거 다 받아주고 산 거지."

"이웃 동네 깡패 짓 하던 놈들이 우리 동네 와서 시비 걸고 행패 부릴 때 아버지가 불러서 니들 뭐 하는 놈들이냐 하니까 덤벼들길래 한 손으로 멱살을 잡아챘더니 도랑으로 나가떨어졌다면서요?"

"하하하! 그놈들이 아버지 힘을 보고는 바로 굽신거리고 내빼버려서 다시는 나타나지 않았어. 별내면에서 유명했으니까 다들 아버지를 무서워했지."

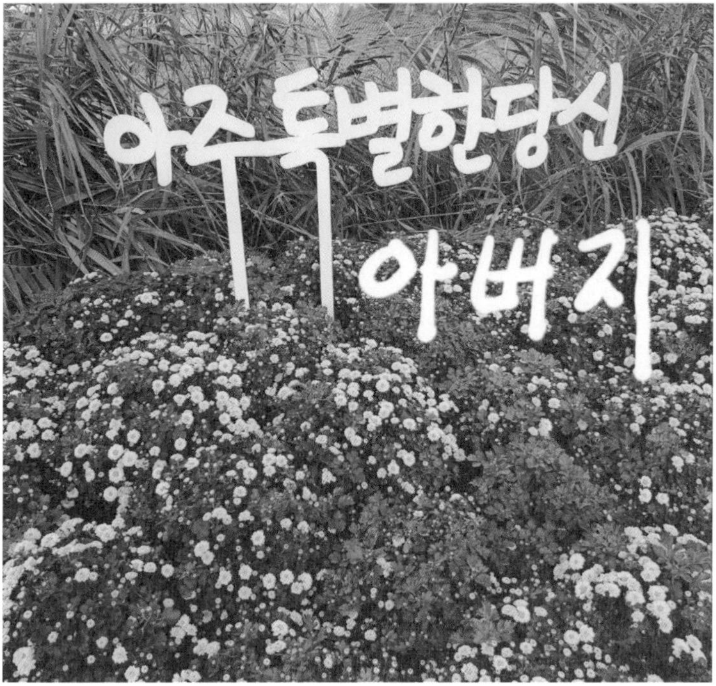
아주 특별한 당신
아버지

배밭 소독하시다
큰일 날 뻔했던 사건

"엄마, 배나무에 소독은 아버지가 혼자 다 하셨는데, 한번은 쓰러지신 적도 있다면서요?"

"옛날에는 마스크도 없었지만 수건으로 가리지도 않고 농약을 뿜어내면 그게 날아가면서 입으로 자연히 마시게 되지. 날은 더운데 소독 통 등에 지고 펌프질하며 소독하다가 어지럽다고 하며 쓰러지셨어. 깜짝 놀라서 그늘에 눕히고, 물 마시게 하고, 부채질해주고, 팔다리 주물렀더니 한참 만에 깨어나셨다. 그때 무척 놀랐지."

"아버지가 그렇게 소독약 마시며 소독만 하지 않으셨다면 백 세도 넘게 사셨을 텐데 95세에 가셨네요. 안타깝다, 엄마."

우리 아버지가 장사셨기에 그 힘든 순간들을 이겨내셨지, 한두 번도 아니고 매 시기마다 그 넓은 배밭을 소독하셨는데 어찌 견뎌내셨을까? 아버지는 아이들 말로 '슈퍼맨'이셨나?

'슈퍼 대디'셨지!

미숫가루 좋아하신
우리 아버지

우리 집은 여름이면 미숫가루가 떨어지지 않게 만들어두었다. 여름에 입맛 없을 때, 아버지는 큰 양재기에 미숫가루를 타서 시원하게 마시곤 하셨다. 그것이 한 끼 식사 대용이기도 했다. 어느 때는 보리 미숫가루, 어느 때는 콩 섞은 미숫가루, 구수하던 그 맛이 우리 식구들의 여름용 간식거리였다. 그래서 엄마는 여름철이면 방앗간에 가서 미숫가루를 한 말씩 빻아 오곤 하셨다.

나는 지금도 여름이 되면 미숫가루 한 봉지를 사놓고 한 컵씩 타 먹으며 아버지를 생각하곤 한다. 아버지는 펌프 물을 한참 퍼내고 나서 땅속의 차디찬 물이 나오면 그 찬물에 미숫가루를 타 드셨다. 지금은 냉장고에 얼음도 있고 그렇지만 옛날에는 뒷마당에 있는 펌프 물이 식수였다.

시원하게 마시던 아버지의 모습은 지금도 눈에 선하다. 고소하고 시원한 미숫가루에는 아버지의 추억이 고스란히 담겨 있다.

이화에
월백하고

　과수원에서 밤길이 환하게 밝아오는 계절이 배꽃 피는 시기이다. 달이 뜨지 않더라도 배밭이 있는 곳은 하얀 성처럼 성스럽다. 배꽃은 처녀 총각 마음을 흔들어놓고는 이내 초록색 구슬 같은 열매를 달기 시작한다.

　그때부터 과수원의 일거리는 시작된다. 동네 처녀들을 다 불러 모아 열매를 솎아내고 애벌 봉지를 씌운다. 배 꼬투리 한 알 한 알 종이 봉지를 씌우는 일은 큰 작업이다.

　애벌 봉지 씌운 것이 터질 정도로 열매가 자라면 2차 봉지 씌우기 작업이 이루어진다. 배밭 농사에서 가장 큰 일손을 필요로 하는 것이 바로 봉지 씌우기다. 이렇게 한 알 한 알 손길이 가야 노랗고 깨끗한 배가 탄생한다.

　배 가격이 비싸더라도 이러한 배밭 일을 알게 되면 비싸다는 말이 안 나온다.

　배 한 알이 그렇게 귀하게 만들어지는 것이기에.

바람 불면
뚝! 뚝!

우리 집 배밭 가운데에 원두막이 있었다. 층계를 다섯 계단 올라가면 망루처럼 배밭 전체를 살펴볼 수 있었다.

바람 부는 날이나 비가 오는 날에 원두막에 올라 누워 있노라면 여기저기서 뚝뚝 배 떨어지는 소리가 들린다. 이때 엄마와 딸의 생각이 조금 다르다. 딸은 배 주우러 다닐 생각에 귀찮고, 엄마는 잘 익은 배가 떨어져서 팔지 못하는 파치가 되니 아까워서 근심이다. 엄마는 돈이 떨어져 날아가듯이 아까워하셨다.

과수원집 넷째 딸인 나는 이 귀한 배를 팔아서 중·고등학교도 다니고, 대학도 다녔다. 땀으로 범벅이 된 학자금이었던 것이다.

과수원집 딸이라 배를 많이 먹고 자랐냐고? 천만에. 많이 먹기는 먹었으나 떨어진 배, 까치가 파먹은 배, 삐뚤어져서 상품 가치가 없는 배, 이런 배들만 먹었다. 그런데 상품 가치는 없어도 이런 배가 더 달고 맛있었음을 아실는지 몰라!

지금도 나는 과일 중에서 배가 가장 먹고 싶다. 시원하고 달콤하고 추억이 깃든 배.

엄마표
시원 달콤 배술

"엄마, 아버지 생신이 겨울철이잖아요. 생일잔치 때마다 상에 오르던 배술은 엄마의 전문 특허지요?"

"하하~ 그래. 그 파치 배가 아까워서 독에 담아 술을 담가보니 참 시원하고 달큰해서 마시기가 좋더라. 그래서 매년 담가 이 사람 저 사람 마시게 하고, 생일 때도 쓰고 그런 거지. 사람들이 우리 집만 오면 그 배술을 마시고 싶어 했어."

"배술 항아리가 장독대 밑에 만들어진 서늘한 창고에 있어서 항상 시원하게 마실 수 있었나 봐. 나도 그 배술 맛이 주스 같았어."

"그래, 모두 잘 먹더라. 배에서 즙이 우러났으니 감기 예방도 되고 좋았지."

우리 엄마의 전문 특허품 배술은 과수원을 마칠 때까지 계속 만들어졌다. 그때만큼은 우리 집이 배술 양조장이었다고 감히 말할 수 있다.

배를 따서
고르시던 엄마.

엄마, 우리 엄마.

과수원은
신도시로 바뀌고

내 고향 화접리 花蝶里

4월이면
눈 내린 듯
온 동리가 눈부셨다

배꽃 따던 점순이
허리춤엔
냉이 한 줌

나비야
댕기 머리 내려앉아
꽃단장을 해주렴

화사하던 고향이

굴삭기에 퍼 올려져

푹석 팽개쳐져

소음 속에 나뒹군다

신도시

조망도 속엔

배꽃마을 있을까

딸부잣집
과수원집

동네에서 사람들이 재미있게 부르느라 우리 집을 "옥희 복희 복례야~" 그렇게 부르던 생각이 난다. 큰언니 옥희, 둘째 언니 복희, 셋째 언니 복례, 그리고 나부터는 '경慶' 자가 들어간다. 경자, 경식, 경례, 경철, 숙희. 1남 7녀 딸부잣집 과수원집이었다.

현금이 부족해서 학교에 내는 등록금을 항상 밀렸으나 굶지는 않았다. 시골에서 농사지으며 여덟 자식을 학교에 보냈으니 그 60년대, 70~80년대 시절에 부모님의 교육열은 대단하신 것이었다.

아버지께서 하셨던 말씀이다.

"누구든지 합격하면 빚을 내서라도 유학이라도 보낼 거다. 그런 줄 알고 열심히 공부해라."

나는 합격 운이 있었던지 무학여중, 무학여고를 거쳐서 서울교육대학에 합격해 교사로 임명되었다.

엄마가 말씀하셨다.

"네 아버지는 어디 가서 앉기만 하면 너 중학교 시험 치던 날

얘기, 대학 붙던 날 얘기, 학교 발령받을 때 얘기, 박사 모자 쓰
던 날 얘기를 하신단다. 아마 백 번은 하셨을 게다."

　이렇듯 시골 동네에서 자란 나는 아버지께서 매우 자랑스러
워했던 딸부잣집 넷째 딸이었다.

3부

황혼의 꽃길
보람이어라

노인회장 10여 년은
황혼의 꽃길

　아버지는 대한노인회 별내면 분회장을 12년간 하셨다.

　"네 아버지 고생 많이 하셨지. 타고난 힘을 농사짓는 데 다 바
쳤으니 얼마나 힘드셨겠니. 그래도 그러면서 군에서 하는 일,
면에서 하는 일은 다 나서서 하고, 노인회장도 10년이 넘게 하
고, 회장 이름만도 몇 개나 됐어. 군수, 면장, 경찰서장들 하고만
어울리셨어."

　"생각나요. 그분들하고 마작인가 하셨잖아요. 우리 집 사랑
방에서도 해서 엄마가 국수 삶아드리고 그랬던 거 생각나요."

　"네 아버지는 화투는 안 하고 그 마작을 하시더라. 그래서 돈
만 떨어지면 심통을 부려서 '또 돈이 떨어진 모양이군' 하면서
주머니에 용돈을 넣어주고 그랬지. 돈 없으면 다 못 할 일들이
야."

　"그걸 엄마가 다 꾸려가셨네요. 대단하신 우리 엄마. 참, 엄마
도 여자 노인회장 10년이나 하셨잖아요."

　농촌의 대부, 대모 역할을 다 해내신 대단하신 우리 아버지,

우리 엄마셨다. 마을에 일이 있거나 면에 일이 생기면 아버지가 나서서 행사를 진행하셨고, 어려운 일들을 해결해나가셨다. 하다못해 동네에서 이웃 간에 싸움이 일어나도 아버지를 불러서 화해를 하게 하였다. 엄마는 아버지가 회장으로서 기부해야 하는 경우가 있으면 기꺼이 모아놓은 돈을 내놓으셨다.

"힘들게 일해서 모은 돈이지만 그럴 때 시원스럽게 쓰면 기분이 우쭐해지더라. 돈은 다 그러자고 모으는 거 아니냐."

엄마의 이 말씀은 내가 가슴 깊이 새겨둘 명언이었다.

제 2001-2호

공 로 패

남양주시 별내면 화접리 423-4

성명 최 석 환

귀하께서는 별내면 분회장(1986.5-1997.6)으로서 평소
노인의 긍지와 사명감을 갖고 사회봉사활동은 물론 지회
발전에 기여한 공이 지대하셨으므로 이 패를 드립니다.

2001년 2월 9일

사단
법인 대한노인회남양주시지회
지회장 박 경 순

공 로 패

성명 조양순

위분은 화접3리 경로당 할머니 회장직을 10여
년간 회장님으로서 물심양면으로 경로당에 헌신적
으로 노력하였으며 오늘에 이르기까지 경로당
발전에 지대한 공이 크므로 금번 퇴임에 있어
이 패를 드립니다.

1998년 1월 1일

별내면 화접3리 경로당
회장 함 성 환

게이트볼을
활성화하신 두 분

    80년대 중반에 노인들의 운동으로 게이트볼이 시작될 무렵 아버지께서는 게이트볼 심판 자격증을 따셨다. 그리고 어디서도 지원이 없었던 시절에 빈 땅을 개간하여 단단하게 다지고 수평을 맞춰서 게이트볼 연습장을 만드셨다. 간이 천막을 치고 게이트볼 준비물을 사서 노인들을 불러 모았다.

시골에서 노인회관에 모여 앉으면 화투놀이만 하던 노인들을 운동하는 곳으로 불러내서 운동을 하도록 하신 아버지였다.

할아버지들이 점차 재미를 느끼게 되니 할머니들도 합세했다. 그래서 아버지는 심판이요, 엄마는 주전 선수가 되셨다.

"엄마, 옛날에 게이트볼 선수 할 때 엄마가 점수를 많이 내셨다면서요?"

"아버지 따라다니며 연습했더니 잘 맞더라. 그래서 내가 꼭 있어야 된다고 게임 할 때는 나를 꼭 불렀어. 일본에도 가서 일본 노인들과 게임했었고, 중국에도 가서 했었지."

"와아, 대단하신 노인 선수단이셨네! 일본과 중국으로 친선 경기를 가셨네요! 좋으셨겠다."

"그래, 그때가 좋았지."

아버지 어머니가 게이트볼 게임에서 타 오신 트로피와 메달은 지금도 자랑스럽게 장식장을 채우고 있다. 부모님의 삶 중에서 어쩌면 가장 자랑스럽게 내세울 수 있는 황혼의 꽃길이던 시절이었다.

국내 여행, 국외 여행
모두 좋더라

"엄마, 엄마가 60세 넘어서 유럽 여행 가셨을 때 호텔에서 맥주 시켜 드셨다면서요? 영어도 모르는데 어떻게 시켰어요?"

"손짓하면서 '이리 와보슈' 하고 '오비 오비' 하고 마시는 시늉 했더니 맥주를 갖다 주더라. '오비' 하면 통하던데? 하하하⋯⋯."

"진짜 엄마는 한국말만 하고도 세계를 잘 다니셨네요. 태국 가셨을 때는 물건값도 잘 깎으셨다고 들었어요."

"손에다 숫자 쓰면서 이 값에 달라니까 안 된다고 하길래, 가는 척했더니 다시 불러서 주던데 뭘."

하하하 까르르 깔깔⋯⋯. 마냥 배꼽 잡고 웃었던 여행 이야기.

그 옛날 60세 넘으시고, 70세, 80세 연세에 아버님과 함께 제주도, 금강산, 유럽, 일본, 중국, 태국 등을 다녀오신 어머니였는데, 아버님 가신 후로는 그저 가까운 바닷가나 온천 정도를 다녀오셨을 뿐이다.

"엄마, 뭐니 뭐니 해도 여행 갔던 추억이 좋지요?"

"그렇지. 여행 참 좋았지."

국외로.

국내로.

부모님의
추억 사진첩

귀하게 남아 있는
아버님과 어머님의 젊은 시절.

토닥토닥 알콩달콩
부부셨지요.

부모님, 나의 부모님, 사랑합니다.

딱 석 달 병수발
받으시고

아버지는 2009년 가을에 병환이 나셨는데, 잠을 이틀 꼬박 안 주무시고 침대에서 내려오시려고 하고, 또 꼬박 이틀간은 잠만 주무시고 하시는 수면 치매가 왔다. 딸들이 순서를 정해 집에 가서 밤에 간호를 하기도 했지만 그것도 부족하여 상시 병간 아주머니를 집에 들였다. 어느 날은 3~4일간 계속해서 아리랑을 부르시고, 또 다음에는 옛 타령을 부르시면서 지내시는 것이 치매의 모습이었다.

내가 주말에 가면 아버지는 꼭 내 앞에서 대변을 시원하게 보시곤 했다. 엄마가 "꼭 너만 오면 대변을 보시는구나!" 하시며 웃곤 하셨다.

나는 이 시기가 교장 발령을 앞둔 시기여서 아버지께 발령장을 꼭 보여드리고 싶었다. 이미 교장 자격증은 보여드렸지만 어느 학교에 발령이 나는지 그 발령장을 보여드리는 것이 아버지를 기쁘게 해드리고 싶은 내 마지막 소망이었다.

그러나 아~, 아버지는 12월에 눈을 감으셨다.

꽃상여로 오르신
장례 행렬

전통 장례식으로 꽃상여 타고 가시는 아버지의 장례 행렬은 슬픔의 행렬이 아니고 하늘 길로 보내주는 소리꾼들의 노래가 곁들여진 장엄한 모습이었다.

에헤~ 에헤야~ 에혜 달궁…….

산소에 잘 모시고, 나는 애도해주신 지인들께 감사의 인사 글을 보냈다.

이렇게 나의 아버지는 생을 마치셨다.

2009년 12월 아버님 타계하시고, 위로해주신 분들께 보낸 편지

에헤 달궁~! 소리꾼의 구슬펐다 흥겨웠다 하는 소리에 맞추어 묘를 단단하게 밟아주는 달구질을 보신 적이 있으신지요? 여든아홉의 어머니께서 달구질꾼에게 힘을 주기 위해 덩실덩실 춤을 추시는 모습과 박수를 치며 분위기를 돋워주는 가족 친지들, 이 모습은 장례식이 아니라 천상으로 오르는 의전과도 같았습니다. 언덕을 오르며 아버님이 노환 중에 반복하여 즐겨 부르시던 아리랑을 합창한 장례 행렬이었습니다.

삼우제 날도 하늘엔 구름 한 점 없고, 하늘 높이 수리가 날았으며, 햇볕은 따뜻했습니다. 날씨가 최고로 추운 날이라고 걱정이 태산이었는데 막상 선영에 오르니 겉옷을 벗고 제를 지낼 만큼 안온했습니다. 따뜻한 정남향 유택이었습니다.

아버님은 과수원 일, 논일, 밭일에 손이 단단한 농부였습니다. 양주 별내에서 대소사를 챙기던 어른이셨고, 어

130

떤 일도 아버님이 나서시면 해결되었습니다. 제가 마음의 거울로 삼으며 그런 부모님의 반만이라도 닮으려고 노력했습니다만…….

감사했습니다. 먼 곳까지 찾아 애도해주시고, 물심으로 위로해주신 것이 저에게는 나락으로 떨어지는 마음을 잡아당겨 주는 것과 같았습니다. 직장과 지인들이 있다는 든든함이 이런 애사에 큰 태산 역할을 하더라고요. 정말 감사합니다. 감사한 마음은 두고두고 가슴에 간직하며 살아가겠습니다. 베풀어주신 훈훈한 정 잊지 않고 외로이 되신 여든아홉 제 어머니를 자주 찾아뵙겠습니다.

아래는 제가 시조 짓기를 배우면서 사랑하는 친정아버님을 생각하며 지은 글입니다.

감사합니다.

최경자 드림

들깨 내음

밭이랑의 뙤약볕도 어울리신 아버님이
여덟 덩이 자식 무게 가늠하던 그 고개로
들깻단 메고 오신다 짙게 오는 그 향기

굽은 등 잠시 펴고 하얀 이 드러내시는
그 앞에서 청산도 따라 웃던 저녁나절
내 가슴 깨꽃이 피네 아버님의 웃음이 피네

깨알을 털어내듯 아버님의 땀을 털자
들기름에 밥 비비고 호박전도 부쳐 먹자
그러면 별의 바다를 노래할 수 있겠지

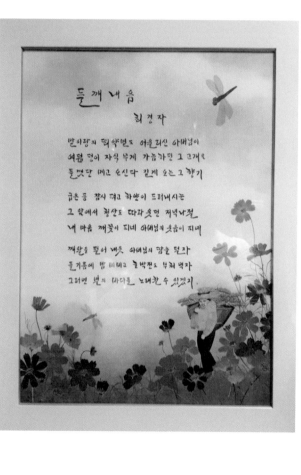

들깨내음

최경자

밭이랑의 뙤약볕도 어울리신 아버님이
여름 땀이 자식 무게 가늠하던 그 그개로
들깻단 메고 오신다 길게 오는 그 향기

굽은 등 잠시 펴고 하얀이 드러내시는
그 앞에서 청산도 따라웃던 저녁나절
내 마음 깨꽃이 피네 아버님의 웃음이 피네

깨알을 털어 내듯 아버님의 땀을 털자
들기름에 밥 비비고 호박전도 부쳐 먹자
그러면 별의 바다를 노래할 수 있겠지.

소나무 향
팽이

팽이

아버님이 깎아주신 소나무 향 팽이가
개구쟁이 발아래 뱅그르르 던져졌다
세상의 어지러움을 팽이 혼자 품고서

비틀비틀 빙그르르 채찍으로 돌아라
속살이 튕겨 나가 사방에서 도는구나
궤도를 벗어나고픈 하늘 향한 한숨이

문득문득
그립고야

차창 밖 생각

나는 지금 KTX를 타고 녹색 벌판을 달린다
비 온 뒤 촉촉한 색 눈에 담아 시원시원
황톳빛 넘실대는 강물이 긴 장마에 힘차다

봉우리에 걸려 있는 산안개와 굴뚝 연기
시골집 어머니가 밥 짓던 보리 냄새
무쇠솥 뚜껑을 열면 어머니의 달콤함

밤꽃 향기 스치듯이 유월이 지나가면
개망초 함빡 웃는 아버님의 산소를 찾아
새빨간 장미 꽂아놓고 엄마 소식 전해야지

4부

엄마의
지혜로움

지혜롭게 사신
엄마 모습 배울래요

　엄마는 막내아들을 일찍 결혼시켰다. 아들이 22살, 며느리가
21살이었다. 어린 나이에 시부모님을 모시겠다고 하며 시집왔
으니, 1986년 그 시절에도 대견한 처녀였다. 그러나 돼지고기
도 닭고기도 못 먹고 쇠고기만 먹었던 어린 신부에게 살림이란
아직 너무 벅차 보이기만 했다.

잠시 지나간 사진첩을 들여다봅니다.

처음엔 새벽잠이 없으신 엄마가 밥과 국을 끓여놓고 밖에 나가시면 부스스 일어나 아침을 먹던 새색시였다. 시아버지 생신 때는 많은 손님상 차리느라 몰래 화장실에 들어가서 눈물을 훔치는 그런 첫해도 있었다.

한 해가 지나고 엄마는 며느리에게 운전을 배우라고 학원비를 주시며 말했다.

　"면허 따면 차 한 대 사주마. 내가 이웃 마을에 갔을 때 태우러 오렴."

　며느리는 열심히 배워서 첫 시험에서 면허증을 취득했다. 엄마는 자가용을 한 대 샀다. 처음으로 큰돈을 쓰신 것이다. 며느리는 기분 좋게 운전을 했고, 아버지 어머니를 태우고 모셔다 드리거나 모셔 오곤 했다. 이때 아들은 무면허였지만 동네 사람 차를 곧잘 운전하곤 했었다. 필기시험만 보면 실기는 문제없다 해서 바로 도전했다. 책을 싫어하던 아들이어서 며느리가 붙잡고 앉아 함께 문제집을 들여다보며 공부를 시켰다. 참으로 귀여운 젊은 부부의 모습이었다. 며느리의 공부 방법이 머리에 잘 받아들여졌는지 아들도 바로 필기시험에 붙었고, 실기는 누워서 떡 먹기라며 호언하던 그대로 단번에 면허증을 취득했다.

이런 일이 있은 후에 엄마는 다시 며느리를 불러 말했다.

"애야, 요리학원도 다녀보련? 요리학원 다니면 자격증도 따고 음식 하기 쉽다던데."

20대의 어린 며느리는 다시 요리학원에 등록하고 요리 공부를 해서 조리사 자격증도 땄다. 이후로 명절이나 시어른 생신 때면 며느리가 메뉴를 짜서 스스로 음식을 만드는 자신감이 생겼다. 우리 집 음식이 새롭게 변화되었다. 그 시어머니에 그 며느리가 된 것이다.

동네 사람들은 엄마도 칭찬했지만 며느리도 침이 마르도록 칭찬했다. 며느리가 이렇게 33년을 진득하게 살아온 배경에는 엄마의 지혜로움이 있었다고 생각이 든다. 딸보다 더 정이 들고 믿음이 가는 며느리가 된 것이다.

밥은 나가서
사 먹자

내가 친정에 가면 엄마는 "점심은 나가서 사 먹자"라고 주문하신다.

"네, 그래요. 이것저것 골고루 잡수셔야 맛있잖아요. 오늘은 뭐가 드시고 싶으세요? 도가니탕? 육회?"

"오늘은 그냥 요 앞에 가서 콩국수 먹자."

"네, 엄마. 다음 주에는 몸보신하게 해신탕 먹어요."

그러곤 엄마를 모시고 나가 점심을 사드린다. 엄마가 나에게 살짝 하시는 말씀, "딸들이 자주 드나드는데 매번 점심 차려내면 좋겠니? 얼마나 귀찮은 일이니. 그걸 생각하면 나와 먹는 게 편하다. 그리고 나도 차 타고 다니면서 바깥 구경도 하고 그러니 덜 답답하지. 안 그러냐?"

"맞아요, 엄마. 엄마의 깊은 속을 알겠어요. 저도 엄마 모시고 드라이브 삼아 한 바퀴 돌고 점심 사드리는 것이 재미있어요."

이렇게 지내는데 어느 날은 나오시며 며느리에게 "애, 윤희 엄마야, 너는 윤희하고 영화라도 보고 오렴. 나가서 볼일도 보고 해라. 내가 나가니까 너도 나갔다 와"하신다. 집에서 마음대로 나가지 못하고 엄마 시중드는 며느리를 생각하시는 시어머니의 애잔한 마음이 그렇게 표현되었다.

이 얼마나 지혜롭고 총명하신 어머니의 모습인가? 나도 엄마처럼, 아니 어머니처럼 살고 싶다.

엄마, 딸, 외손녀, 증외손녀
4대가 손잡고

봄날이었다. 내 딸이 딸을 데리고 와서 왕할머니께 가자고 한다. 우리 엄마는 '왕할머니'로 불리셨다. 딸이 말했다.

"엄마, 왕할머니 꽃구경 좋아하시지?"

"그래, 그런데 어디 모시고 갈 가까운 곳 있을까?"

"왕할머니 댁에서 한 시간 정도 가면 포천에 허브아일랜드가 있어."

"그래? 그러면 모시고 가서 꽃구경시켜드리자."

그렇게 봄나들이 간 우리 4대의 여인들은 휠체어를 빌려 왕할머니를 모시고 다니면서 주변 사람들의 이목을 끌었다. 자랑스러운 관심이었다.

꽃 앞에서 사진 찍고, 맛있는 불고기를 사 먹고, 아이스크림도 먹으며 소풍 간 그 시간은 사진으로 남아 영원하리라. 며느리가 사준 모자 쓰시고 손가락으로 V 하며 폼을 재시는 왕할머니는 멋쟁이 신식 할머니였다.

엄마는
왕할머니!

　8남매를 키워서 모두 결혼시키고 나니, 손주들이 20명이다. 그 손주들이 장성하여 결혼하니 증손주들이 무려 23명! 이 손주들과 증손주들 43명 모두는 나의 엄마를 '왕할머니'라고 불렀다.

　어떤 일을 해결함에 있어서나 경제적으로나 대단한 카리스마를 갖고 계셨고 어른으로서 품어주는 맛이 있으셨기에 그야말로 '왕할머니'라는 칭호는 적격이었다.

　설날이나 추석 때가 되면 우리 친정집은 잔칫날과 진배없다. 엄마는 손주들에게 세뱃돈을 주려고 은행에 가서 빳빳한 새 지폐로 바꿔서 아버지 주머니에도 채워주신다.

　손주와 증손들이 세배를 할 때마다 두 분이 지폐를 손에 쥐여주며 덕담을 해주시는 모습은 지금도 눈에 선하다. 40여 년 전의 세뱃돈은 손주들에겐 큰 기쁨이었다.

　최근에는 그 세뱃돈과 용돈이 증손주들에게 넘어가서 설날이면 꼬맹이들이 쪼르르 달려와 왕할머니 앞에 줄을 선다. 이렇게 엄마는 모두에게 인기 있는 왕할머니셨다.

내 외손녀 예령이도 "왕할머니 새해 복 많이 받으세요" 하며
세배하는 모습은 웃음을 자아내는 한 장면이었다.

나도 왕할머니
연습 중

나는 외할머니올시다

만 원짜리 내어놓고 핸드폰을 열었다
애들아 한 달 된 우리 손녀 사진 보겠니?
어머나!
요리 보고 조리 보고 손녀 얼굴 닮을라

탯줄을 매단 채로 보여주던 아기는
콧날이 오뚝하여 인형처럼 예뻤다
김예령金叡伶
네 이름 석 자가 행복 세상 밝히리

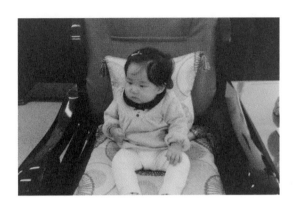

예령이의 돌맞이

까꿍~! 할머니가 귀요미 노릇 하면
깍~! 하며 고개를 숙였다가 돌린다
어머나 네가 벌써 까꿍질을 제대로 배웠네

"예령아 윙크하자" 찡긋찡긋 해 보이면
두 눈을 감았다 뜨며 애교가 철철 난다
아고고 우리 예령이 어쩜 이리 예쁠까

예령아 돌잡이로 어느 것을 잡을까?
아빠는 돈 돈 돈 엄마는 건강 실타래
후후훗 예령이는 어느새 마패와 엽전 타래

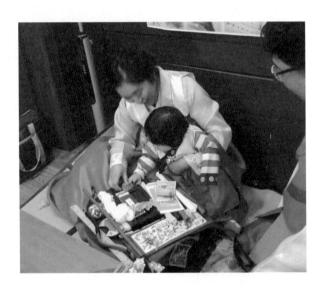

귀염둥이 예쁜이,
나도야 손녀 자랑

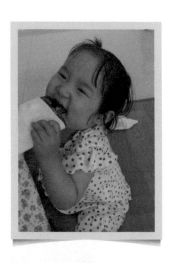

"외할머니 선물,
토끼 모자 재밌어요."

외할머니가 직접 만들어준
7세 떡케이크와 수수팥떡.

손녀 예령이가 그린 그림
자랑할게요

엄마에겐 증외손녀, 나에겐 외손녀 자랑할게요.
5~6세 때 그린 그림이 창의적이고 발랄했거든요.

왕관을 쓴 여왕개미가 산책을 한답니다.
개미집을 그렸는데 실감 나네요.

여왕개미

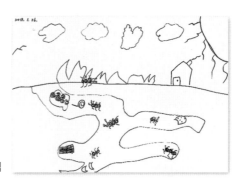

개미집

거미줄에 걸린 파리를 잡는 거미입니다. 무섭지요?
고양이는 윙크하며 웃고 있어요.

파리 잡는 거미

윙크하는 고양이

눈을 소재로 이렇게 우주선과 귀신을 그리다니…….

"얘야, 이건 무엇이지?"
"눈귀신이야 할머니."
"또 이것은?"
"그것은 눈 달린 우주선이야."

달나라를 갈까요? 별나라를 갈까요?
우주여행 떠나는 우주선이 어쩜 이리도 실감이 나는지 한번 타보고 싶네요.

우주선

우주여행

손녀는 제목을 '모양의 나라'라고 썼군요.

카톡으로 어느 선생님께 자랑을 했더니 이런 답장을 보내주셨답니다.

모양의 나라

오전 8:16   손녀 그림 자랑일세

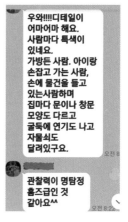

여름에 손선풍기를 보면서 그리는 모습이 앙증스럽네요.
아빠가 세발자전거를 사주었는데 그것도 그리더라고요.

손선풍기

세발자전거

집들이 모여 있고, 차들이 다니는 마을을 그렸네요.
별들이 가득한 하늘 아래 바다 마을도 행복해 보이지요?
그 속에서 너는 몇 살이야? 하면서 나이 자랑을 해요.

우리 마을

바다 마을

너는 몇 살이야?

언니들이 민화 그리는 것을 보았나 봐요. 꽃을 그렸네요.
사인펜을 모아놓고 스케치북 가득히 무언가를 완성했어요.
무지개 풍선을 들고 가는 자화상이 깜찍해요.

사인펜 맘대로

무지개 풍선

엄마 꽃

일기예보 방송을 보고 그린 것이지요.

모양 자를 사주었더니 그것을 활용해서 성을 그렸답니다.

초코맨…… 초코맨 익살스러운 초코맨.

일기예보

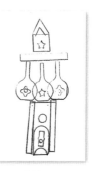

Lucy의 성

초코맨

어버이날
편지

어머니~!

기억이 새록새록 제 가슴을 밝히고 철들게 합니다.

등잔불을 밝히고 여덟 자식 양말을 꿰매시던 모습이 눈에 선합니다. 잠결에 눈을 떠보면 졸면서 끄덕이시던 그 모습이 지금에서야 제 가슴을 엡니다. 어린 시절이었던 그때는 그토록 피곤하신 것을 몰랐습니다.

날이 밝기도 전에 일어나 도시락을 싸주시고, 밭에 나가 일하시고, 저녁까지 먹이고 나면 잠이 쏟아지셨을 텐데도 다음 날 신고 갈 자식들 양말을 꿰매시느라 그렇게 졸다가 바늘에 찔리기도 하셨던 어머니셨지요.

어머니, 어머니께서 자식들 학비를 마련하시느라 밭에서 딴 참외를 한 광주리 가득 담아 머리에 이고 두 시간이 걸리는 읍내 시장으로 팔러 가셨던 이야기, 다리 아프고 목이 눌려서 중간에 앉아 쉬시며 점심으로 참외 한 개를 먹었노라 하신 그 이야기는 제 가슴을 아리게 합니다.

그런 추억들이 요즘 들어 불쑥불쑥 튀어나와 먹먹해지곤 한답니다. 어머니의 작은 키는 그렇게 광주리에 눌려서 더 작아지셨을 것입니다. 지금 무릎이 아프신 것도 밭에서 쪼그리고 앉아 풀을 매던 일 때문일 거예요.

평생 고생을 하셨음에도 불구하고 96세에 정신 맑고 건강하신 어머니! 지금도 몸을 움직이면서 집안일을 도와주시고, 여덟 자식들 생일을 모두 기억하며 챙기시는 사랑의 어머니! 또한 손주들 고사리손에 용돈 챙겨주시는 할머니! 그런 어머니를 우리 대가족 모두는 '왕할머니'라 부르지요.

어머니! 엄마! 5월 어버이날만 엄마를 생각하는 그런 딸이 되지 않으려고 노력할게요. 자주 찾아와서 심심하지 않게 하는 자식이 좋다고 하셨지요? 그래요, 엄마. 그렇게 하겠어요. 나이 들어가는 제가 요즘 엄마를 생각하면서 철이 많이 들어가고 있답니다.

엄마는 제가 평생을 고마워하고 존경하는 분이에요. 저도 어머니처럼 지혜롭게 산다면 성공적인 인생이 될 것 같아요.

　다시 한번 크게 불러보고 싶습니다.

　어머니~!

　엄마~!

　존경합니다. 감사합니다.

　　　　　　　　　　　2017년 5월에 넷째 딸 올림

엄마의
96세 생신

사흘 전에 리치몬드 제과점에 주문해놓은 대형 2단 케이크를 찾아서 엄마의 96세 생신잔치하는 음식점으로 달려갔다. 내 딸과 손녀 예령과 함께. 사위는 중국에 파견 근무 중이라 못 왔지만……

가족들이 모두 모이니 30여 명은 족히 되었다. 갈비구이를 먹고 나서 케이크 앞에 둘러앉아 노래를 불렀다.

"생신 축하합니다. 생신 축하합니다. 사랑하는 왕할머니, 생신 축하합니다."

케이크를 자르시는 왕할머니의 모습은 행복해 보였다. 연분홍 모시 적삼 입으시고 하얀 백발의 머리에는 멋진 머리띠 하시고 케이크를 자르시는 모습은 천진한 소녀였다.

먼 길 오신 손님들이 가신 후, 하얀 챙모자 쓰고 찍은 한 컷의 가족사진은 익살스럽고 행복해 보였지!

왕비 마마 할머니셨지!

엄마의
97세 생신

네모 케이크에 숫자 촛불 꽂아놓고 "와아~ 우리 엄마 장수 상長壽賞 받았습니다" 하며 축하 박수 짝짝짝~!

엄마도 손뼉 치시며 함께 노래 부르시고 증손녀와 어울려 기쁜 시간을 보내셨지.

장수상을 말하니 아버님이 92세 되던 해에 별내농협 한마음 대축제에서 장수상을 타신 일이 생각난다. 그때는 큰 잔치였는데. 요즘은 왜 양주시나 별내면에 장수상이나 효자, 효부상을 주는 행사가 없을까? 저 남쪽 지방에는 매년 효자, 효부상이 있던데.

나는 우리 올케에게 효부상을 주고 싶다. 어느 기관에서든지 계획만 있다면 21세에 시집와서 33년간을 변함없이 부모님과 함께 살아온 그의 삶의 공적을 제출하고 싶다.

신혼 초에 60대의 부모님과 일곱 시누이들! 그 속에서 33년 간을 살아온 며느리의 삶이 상상이 되십니까? 어디 효부상 줄 기관 없나요?

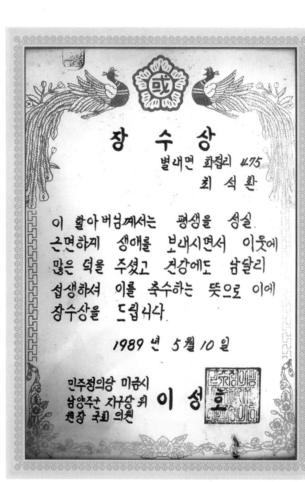

장 수 상

별내면 화접리 475

최 석 환

이 할아버님께서는 평생을 성실
근면하지 생애를 보내시면서 이웃에
많은 덕을 주셨고 건강에도 남달리
섭생하셔 이를 축수하는 뜻으로 이에
장수상을 드립니다.

1989년 5월 10일

민주정의당 미금시
남양주군 지구당 위
원장 국회 의원 이 성 호

8남매를 키워내신 우리 부모님을 무엇에 비교하리요~.

엄마의
98세 생신

올해는 엄마가 폐렴으로 입원을 두 번이나 하셨다. 생신날은 입원 후 퇴원하여 집에 계시던 중이어서 친척들 초대 없이 조용히 며느리의 아침상을 받고, 큰손녀에게서 푸짐한 용돈을 받으셨다.

"얘야, 글쎄 윤희가 돈 번다고 용돈을 많이 넣었더라."

"많이요?"

"그래. 할머니 용돈 드릴 테니까 고모들이랑 맛있는 거 사 드시고요, 커피도 카페 가서 드세요. 그러면서 백만 원을 넣었더라."

"와아~ 역시 맏손녀예요. 최고네요."

생일잔치는 못 했지만 경옥고를 만들어 오고, 꽃바구니를 배달시키고, 케이크와 과일 등을 들고 찾아오는 자식들이 있어 엄마는 외롭지 않으셨으리라. 하지만 입맛이 돌지 않아 그것이 근심이셨다.

"왜 이렇게 밥이 먹기 싫은지 모르겠다. 그냥 뭐든지 한번 먹으면 싫증이 난다. 콩국도 해 오면 겨우 한 공기 먹고는 끝이고, 냉면도 조금 먹다 말고 하니 나가서 사 먹는 것도 아깝다."

"그래도 엄마, 연세 많아지면 조금씩 자주 드시는 게 좋대요. 무엇이든지 생각나는 거 있으면 말씀하세요."

"밥솥에 넣고 찐 감자가 생각난다."

그날 엄마는 찐 감자를 한 개 드시며 "이것이 밥 대신이다" 하셨다.

짠한 내 마음 어찌 하오리까. 이것이 우리 엄마의 마지막 생신이었다. 98세 생신이 너무 허무하게 지나갔다. 그냥 거창하게 해드릴 걸 잘못했나? 후회가 된다.

캐러멜
마키아토

2019년 봄부터 여름까지는 점심 식사 후에 집 앞에 있는 몽슈슈 카페에 들러 캐러멜마키아토 한잔하시는 것을 좋아하셨다. 자주 가지는 않았어도 일주일에 한 번 정도는 내가 가는 날 모시고 갔다.

"이 커피는 우유가 많이 들어가서 내가 마시기가 좋다."

"맞아요. 그리고 달콤하고 시원해서 더울 때 괜찮지요?"

"그래. 근데 이게 좀 많으니까 반은 네가 더 마셔라."

"그럴게요. 반 따를게요."

7월의 어느 날, 카페에서 시원한 통유리 창밖을 내다보며 도란도란 앉아 있는 우리 가족의 모습은 따뜻하고 정스러웠다. 단골손님 우리 엄마를 맞이하는 카페 주인의 반가운 마중은 엄마를 기분 좋게 하는 팁이었다.

카페에서 캐러멜마키아토를 마시며 마지막 해를 지내셨던 우리 엄마.

엄마, 엄마는 멋쟁이 할머니였어요.

어머니,
나의 어머니

어머니는 아버지 떠나시고 10년 후인 2019년 8월에 아버지 곁으로 가셨다. 나에게는 너무나도 큰 슬픔이었다.

아닌데, 아닌데. 이게 아닌데. 백수까지 꼭 하실 줄 알았는데…….

폐렴으로 병원에서 치료받으시면서, 내가 그토록 만류하던 수면 폐 내시경 검사를 받다가 그만 숨을 거두셨다. 엄마를 부여안고 매만지며 체온을 느껴봐도 차디찬 몸은 끝내 온기를 되찾지 못한 채로 잠드신 모습으로 계셨다.

진정하자, 진정하자, 진정하고 대응하자 하면서 냉철해지려 애썼지만 내 가슴은 진정되지 않고 오히려 원망이 커졌다. 자식이 여덟이니 배가 산으로 간 형국이다.

노환으로 가시는 시기이긴 하지만 정신이 총명하셨고 전날까지도 이런 얘기 저런 얘기 하시며 몸을 추스르고 화장실을 걸어가셨던 분이었다.

하늘에서 번개가 떨어진 느낌이었다.

'어찌하랴. 어찌하겠는가?'

'검사를 해서 더 오래 사시게 하고 싶었다는데 무슨 말이 필요한가?'

'수면 중에 가셨으니 편하게 가신 걸까?'

'아버님이 편하게 오라고 부르신 걸까?'

'병원에 입원하셨을 때 처음으로 내 꿈에 잠시 나타나신 아버님이 아마도 마중을 나오셨던 게다.'

이렇게 생각을 거듭하며 슬픔과 억울함을 진정시키고 또 진정시켰다.

'그래, 노환으로 가실 때가 되었는데 조금 일찍 고통 없이 가신 거라 생각하자.'

그러면서 편안하게 장례를 진행했다. 손님들은 모두 호상이라며 술도 한잔씩 하면서 밝은 분위기로 애도를 해주셨다. 그 분위기에 취해 어머니께 말했다.

"엄마, 사랑해요. 많이 사랑해요. 여러 자식 키우느라 고생 참으로 많이 하셨어요. 이제 편안히 아버지 곁으로 가세요. 안녕히 가세요. 아버지와 극락왕생하세요."

이 말이 어찌나 용감하게 나오던지 내 자신이 의아스러울 정도였다.

나는 어머니께 영혼에서 우러나는 심정을 용기 있게 외쳤다. 이것이 어머니와 나의 이별이었다.

엄마,
엄마

엄마, 엄마

엄마 엄마 엄마아~
엄마아~ 엄마 엄마

엄, 엄마 엄, 엄마아~ 어떡해요 엄마아~

아!
어머니
나의 어머니
안녕히 가옵소서

세상 흐름 따라
인사를 핸드폰으로

함께 애도해주신 힘으로
오늘 삼우제까지 마치고 왔습니다.
장례일 하늘에는 새털구름이 펼쳐지고
햇빛 가득했습니다.
밤부터 내린 비에 산소가 걱정됐으나,
산소에는 비 내림이 더 좋다고 하여 걱정을 덜고,
어제는 극락왕생 기도로 하루를 보냈습니다.
매주 목요일마다 7재齋를 지내며
9월 26일 49재를 올려드리는 동안
이 슬픔이 조금씩 줄어들까요?
저의 기둥이셨던 어머니는
깍두기 반찬을 봐도 생각나고,
콩국수를 봐도 생각나고…….
그래도 힘을 내면서 저도 어머니처럼 살고 싶습니다.
고맙습니다.

고마움을 핸드폰에 의지하여 보냄을 용서하소서.

최경자 올림

함께 애도해 주신
힘으로 오늘
삼우제까지 마치고
왔습니다.
장례일에는 하늘에
새털구름이 펼쳐지고
햇볕 가득했습니다.
밤부터 내린비에
걱정됐으나 산소에는
더 좋다고하여
걱정을 덜고 어제는
기도로 하루를
보냈습니다.

매주 7재를 지내며
49재를
올려드리는동안 이
슬픔이 조금씩
줄어들까요?
저의 기둥이셨던
어머니는 깍두기
반찬을 봐도
생각나고 콩국수를
봐도 생각나고 ......
그래도 힘을 내면서
저도 어머니처럼
살고싶습니다.
고맙습니다.
고마움을 핸드폰에
의지하여 보냄을
용서하소서.
　최경자 올림

5부

긴긴밤 들려오는
다듬이 소리

효자 효부
아들 내외에게

내 동생 경철아,

내 고마운 올케, 어머니의 며느리야,

이번 일을 겪으면서 나는 새삼 현실을 보았구나.

49재를 보내며 어머니께서 나비처럼 훨훨 날아 극락
으로 가신 후에는 새로 태어난 인생으로 살아라.

앞으로는 네 생각 네 입장대로 잘 지켜가거라.

너의 가족 것을 잘 지키며 당당하게 살아야 한다.

그것이 아버님 어머님의 바람이야.

동봉한 이것은 주말에 너희 식구 함께 가까운 곳에 휴
가 다녀오라는 나의 명령이다.

좋은 호텔 잡아서 호텔 속에서 놀다 와.

윤희 연희 잘 컸더구나. 사위도 믿음직하고.

그동안 시집살이 고생의 만분의 일도 안 되지만 내 고
마운 마음은 천금처럼 크단다.

"아들아, 고맙다."

"며늘아, 고맙다."
부모님의 소리가 들리는 듯하구나.
두고두고 고마워할게.

누이

불암사에서

나 어렸을 적에, 엄마는 정초가 되면 쌀을 머리에 이고 불암사를 다녀오신 기억이 있다. 쌀 시주를 하시고 자식들 잘되라는 기도를 하고 오셨겠지. 그런데 엄마가 어느 날 이런 얘기를 하셨던 기억이 새롭다.

"너희들 키울 때 먹을 것이 부족했다. 그런데 불암사에 가서 부엌일을 해주면 누룽지도 긁어서 가지고 올 수 있었고, 떡도 싸 올 수 있어서 그 맛에 행사가 있는 날이면 절에 가서 부엌일 봉사를 했단다."

아! 그러셨구나. 엄마도 60년대 시절에는 여러 식구 배곯지 않게 하려고 그렇게 부엌일을 하고 오셨었구나! 이런 역사가 있는 불암사로구나!

이곳에 아버지 위패도 모셨고, 또 어머니 위패도 모셨다.

착한 아들 며느리, 효자 효부가 어머니 뜻에 따라 잘 살아주어 고맙고도 고맙다.

착한 아들 며느리에게 복을 많이 주소서.

불암산과
선산

불암산佛巖山과 불암사佛巖寺

불암산은 큰 바위로 된 봉우리가 중의 모자를 쓴 부처의 형상이라 하여 이름이 붙여졌다. 암벽등반 코스로도 인기가 있는 산이다. 불암산 아래 주변에는 태릉, 강릉, 동구릉, 광릉 등의 왕릉이 있는데 돌아가신 임금을 지키는 산이라 불린다.

이 산의 중턱에 위치한 불암사는 824년 신라시대에 창건된 유서 깊은 사찰이다. 세조가 조선 왕실의 발전을 기원하기 위해 한양(지금의 서울)의 사방四方에 사찰을 하나씩 뽑았는데 동쪽에는 불암사, 서쪽으로는 진관사, 북쪽에는 승가사, 남쪽에는 삼막사를 선정했다고 전해진다.

이 불암산 아래 길 따라 마을을 이어가면 예전에 불리던 마을 이름으로 불암동 - 샘말 - 골말 - 덕송리 - 광전리 - 청학리를 지나 의정부까지 연결된다. 우리 집은 바로 샘말이었다. 순수한 우리말로 샘이 솟아나는 마을이란 뜻이다.

이 샘말이 별내 지구로 아파트 단지가 되면서 청학리 아파트로 이사를 가서 살게 된 것이다.

선산은 이 청학리에서 가까운 곳에 있다. 불암산이 우측으로 보이는 위치에 있는, 우리 부모님의 아늑한 보금자리이다.

왕릉이 주변에 많은 곳이니 우리 부모님도 잘 지켜주시겠지.

잠시
생각해봅니다

석가모니는 사바세계를 고해苦海라고 했다.

사람에게 불평不平과 평평平平이란 과연 무엇일까?

너무 슬퍼도 不平이고, 너무 즐거워도 不平이고,

너무 부귀해도 흥청망청하면 不平이 올 수 있고,

가난한 살림에 검소한 처세를 못 해도 平平하지 못한 것이다.

우리가 살고 있는 지구도 한쪽으로 기울어 平平해지려고 쉼 없이 돌아가는데, 우리 인생이야 늘 平平할 수만은 없지 않겠는가.

不平할 때는 平平함을 유지하려 하고, 平平하면 不平을 경계하며 조신하게 처신하면 될 것이다.

인간들이란 넘치면 넘치는 대로 모자라면 모자란 대로 不平하면서도 항상 平平함을 그리워하면서 사는 것일 테지.

평평탄탄平平坦坦은 매우 평탄하다는 뜻이거늘 우리 집의 가정사는 平平坦坦하여 平平大路였으면 하는 바람으로 검소하게, 조신하게, 성실하게 살아가고자 한다.

분명코 어려운 고비를 넘어가면 平平坦坦의 平平大路가 열릴 것이다.

배꽃을 보는 엄마는
소녀 같으셨지

2019년 봄에 엄마를 모시고 나왔는데 배꽃이 하얗게 피어 있었다. 배꽃이 한창인 이웃 배밭에 무조건 들어가서 사진도 찍고 앉아서 감상하는 동안 엄마는 마냥 소녀처럼 웃고 계셨다.

"엄마, 오랜만에 배밭에 와서 앉아보니 기분 좋지요?"

"그래, 과수원에서 배와 함께 산 시절이 좋았다. 힘은 들었지만. 이렇게 하얗게 배꽃이 필 때가 일도 적고 보기만 해도 기분이 좋았었다. 배꽃을 바라보니 좋다, 좋아."

아름다우신 엄마, 마음도 아름답고 백발의 인자한 모습도 아름다운 할머니셨다.

엄마의 손을 잡고 부축하며 걸어가노라면 골목길에서 차를 끌고 지나가던 사람에게 이런 인사를 종종 받는다.

"어쩜 할머니 모습이 그리도 예쁘셔요? 제 어머니 생각이 나서 차 세우고 보고 있어요."

엄마의 모습은 그렇게 편안하고, 예쁘고, 아름다웠다.

2019년 배꽃이 피던 봄에 환하게 핀 배꽃 소풍을 했다.
지나가다가 돌연히 들어간 주인 없는 배꽃 핀 과수원!
엄마는 소녀처럼 좋아했지.
이렇게 엄마는 평생의 동반 꽃 배꽃을
마지막 해에 기쁨으로 보고 가실 수 있었다.

엄마의
저고리

명주솜 저고리

한 세월 지도 같던
어머님의 저고리가
마음이 시린 날엔
십이월 품 안이다
여린 등 도닥여주던
그 손 자락 그 목소리

어머니 젖무덤은
명주솜 같았었다
햇살 받은 자장가
풀잎 세워 일으키고
강아지 어미젖 팔 때
나도 그냥 강아지

사진을
바라보면

바라보면

그의 동공 속에
가을비가 고입니다

티끌 하나 박혔을까
후―욱 불고 보니

그 속에
빠져 있는 건
난쟁이로 변한 나

길고도 긴
후유증

후유증

소리 없이 내밀어
손잡아 주었으면…
기대면 따뜻하게
어깨 감싸줄 것 같은
빙그레 웃어주던 모습
사진 속에 있는데

비어도 있는 듯이
내 일상은 그대로나
바다이듯 강물이듯
싱거워진 눈물 맛
당신이 있어야 할 자리
내게 오는 후유증

바람이 분다
바다에도 마음에도

바람 소리

주체 못 할 정분이
바다로 파고들어
한 줄기 포말로
해면처럼 부서진다
바닷속 이별 연습을 물고기도 하나 보다

한숨까지 삭히면서
바람이 쉬익 불면
속살까지 멍든 바다
섬 같은 웃음이
파도에 묻어서 온다 뼛속을 뚫고 있다

달아,
어서 돌고 돌아라

그믐달

서릿발
그믐달아
까치설날
챙겼느냐

동짓달
긴긴밤에
들려오는 다듬이로

요지경
이내 마음을
가다듬는 그믐밤

글을
마치며

이 글을 읽어주신 독자들께 감사의 인사를 드립니다.
67세 넷째 딸이 주섬주섬 기억의 편린을 모아
어머니와의 이야기로
가족이 살아온 단면을 써 내렸습니다.
당연히 아버지도 기억했지요.
이것은 한 가정의 이야기이기도 하지만,
어찌 보면 우리나라 50년대부터
현재까지의 진솔한 삶의 모습이기도 합니다.
읽으면서 때로는 공감한 부분이 있으셨는지요?
그렇다면 저로서는 눈시울 뜨거운 보람입니다.
눈에서 사라졌다 해도
가슴속에 자리하고 있을 모든 것, 모든 일.
나를 키워주신 부모님께
사랑의 마음 전하며,
내 모든 지인들과 가족에게 행복을 드립니다.

최경자